季節
Seasons

陽光明媚。春天。

微笑，熟睡中嬰兒。

這不是頭一次

你未知世事，但知足。

在月光下

你被未發現的

世界之美

驚醒。

〔羅馬尼亞〕艾蓮娜‧麗利安娜‧波佩斯古（Elena Liliana Popescu）◎著

李魁賢（Lee Kuei-shien）◎譯

敬呈翻開本書的讀者

　　試試擺脫日常煩惱，跟我一起踏入稱為詩的夢土現實，打開心房大門，因為這些詩正是為您而寫。如果可行，不用批判就接受這些詩吧，因為「可能就是與必然相鄰」。

　　讀者諸君，這些詩是由思想形式界意欲破土而出之日，在我心中逐步產生，以便在文字形式界自己形成，並自己展現，隨其命運，就已充份準備好慶幸遇到您。

　　樸素，本質上意味真理，只能透過沈默表達。世界上所有文字不過是嘗試描述沈默。

　　自知達成理想最簡單同時又最艱難的是，要兼顧每個人和全世界的目標，因為我們的探索與此息息相關。有時候，探索是採取我們號稱詩的形式。

詩人來來往往，遺留努力成果，透露詩未出現的面貌，詩藉此超越妄想的面紗，凝視我們，不作批判。

目次

選自《朝聖者》詩集
Poems from "PILGRIM"（PELERIN, 2003）

選自 《敬呈》 詩集

Poems from "TO YOU"（ŢIE, 1994）

二元性
Duality

太陽遠離

星光黯淡時，

只有黑射束與

亮射束，在激烈比賽中

互相擁抱……

冷冷蒼白的月亮

默默俯瞰。

寂靜突然被聲音刺破。

「啊，瘋狂的比賽，要嘛，

別沉默，別不定性，

別孤獨，給我不安！

任何事你想要求我的，

只要你能圓滿

禱告！」

「妳問我不定性嗎？

再簡單不過啦！

但我知道，一旦妳

體驗到不定性時，

妳會再次請求協助。

那時我應該給妳，

我現在對妳的要求！」

黎明時
At dawn

我等待你出現

地平線呈蔚藍色

宣告你的存在

出眾。

啊，可能，

在漫長搜尋中

知道

你是神祕男子漢……

瞬間就看到，

正懸空在

無限中，

雖然短暫，

在我看到你時

突然冒出，

堂堂

宣告新時代來臨⋯⋯

鉛色棉絮雲層

幾乎浸沒在海裡

而銀色帆布

在心情舒暢中編織⋯⋯

天空與海孿生，

當風神在彈琴時，

驟雨傾注在

翻騰的波浪上……

景象迷人，

不可言喻的美

畫家繪出

永恆的溫柔。

季節
Seasons

陽光明媚。春天。

微笑，熟睡中嬰兒。

這不是頭一次

你未知世事，但知足。

在月光下

你被未發現的

世界之美

驚醒。

在你無意中

看，夏日蒞臨⋯⋯

你力道一直在增長，

開懷，笑盈盈。

似乎沒什麼事會難倒你。
然後你試圖挑選，
學習，不斷學習，
逐漸明白新的規律。

此刻到了秋季。
在人生道路上行走，
你隨意四顧。
自問：我是誰？

這個問題

你追問不息
然而你不知答案，
永遠惴惴不安。

接著入冬了。
你想再尋找自己……
在你內心仔細看
想發覺你是誰。

在無聲靜默中
你等到不再等待……
而心中，默默
告知你是誰。

在秩序的寂靜中，
當你，未實存時，
太陽自我表現，
你就在內心觀察。

日出
Sunrise

太陽呀，我怎麼說好呢，
我如何在黎明等候你，瑟瑟
期望能夠探測到你突然
無預警出現的剎那？

我等你來，雖然你常在，
你照亮黑暗的天際線。
創造幻想，藉形狀、名目
和色調來實現。

永遠相同，又有所不同
你是唯一，我以你為榜樣。
無論大小，一視同仁：
管你是草，還是神明。

請問，我是誰？
Tell me, who am I ?

「我來找你，

因應你的召喚，

所以你當能找到

等候的答案。

請問，我是誰？

或者我是否

可在這世界上

或其他地方找到⋯⋯」

「只有你才知道

說出你是誰，

如果你要出發

找到自己。」

「我應該在哪裡出發
才能聽到呼喚？
我應該如何觀看，
才能知道路途？」

「只有你知道方式！
你就遵照行事，
那麼，面對自己時
你應該問清楚。」

「問我自己嗎？
你說要怎麼問？
問題是什麼
我該如何發問？」

「只有你知道本意，
難以究明的意義。
要去找！問題
自有答案。」

「如果我流浪
去再度尋找自己
在路上會遭遇
無以計數的障礙。

如果我轉移目光
朝向內部
迎向自己，
如果我慢慢延伸

朝向自己，

在深心，

找到你

我知道那就是我。

因此，問題

包含答案在內

二者都位於

我內心。」

提問的是問題，

給出的也是答案

只是通過自體

內部的本身鏡像。

回來吧！
Come back !

旅人在夜間浪蕩

白天沉迷醉夢

相信假冒繆斯所給予

錯覺的細語，妥協，

你總是在奔走，無目標

害怕停下來

並且短暫在心鏡裡

只為照照你自己。

不要老是逃避自己

不要再渾渾噩噩。

如果想多瞭解自己

當知不要怪東怪西。

想像中的錯誤
你會平心靜氣贖罪。
而原始的火焰
會像以前一樣閃亮。

你會學到愛是什麼
而且能夠接受。
你會相信幸福是
只要有施，必有所得。

親愛的浪子呀，回頭吧！

你會發現自己還是純潔無瑕

只要你能真誠自恃

就會充滿回頭的力量。

我寫過嗎？
Have I ever written?

我有一陣子沒寫啦⋯⋯
不知道什麼時候會寫。
但是，隨著動盪，
在嘗試復活今日苦難。

雖然流竄，不斷流竄，
沒有結束也沒有任何疏失，
從前的革命已消失
現在老實說，無啥堪慰。

只有和平佔上風
瞬間，我流浪的精神，
永遠尋求補償

且在心中流露才華……

我寫過嗎？
再也無人知道。
只有生命，今日在我心中
安詳、活躍，重新寫作。

選自《思想間之領域》詩集

Poems from " THE REALM BETWEEN THOUGHTS "
(TĂRÂMUL DINTRE GÂNDURI, 1997)

然而……
And yet……

容納在無常身體內的心靈
於生死之間掙扎。
自知不過是行旅的朝聖者
仍然要拖帶身體隨行。

神智清醒的往日時刻
復活過去的意象，
從活過的世界重新喚醒……
似乎得不到任何幫助。

身體涵蓋的可怕病痛，
以為再也無法抗拒
然而，不會逃避生命：

不會不想活下去！

從以前想要完成的事情
在衝刺的時候
沒有任何事提醒，
消失的希望何其多……

很難接受這項判定：
當病患只能受苦
躺在床上忍耐等死時
還能確定何事是正確？

然而，從幾已逝去的生活
藉以稍後自求放鬆靜養
如今可以理解：
生命永遠不會喪失！

永久迷宮
An eternal labyrinth

知識在騙人，是
朝向自己的永久迷宮，
徘徊迂迴曲折路上
通過難解的命運。

苦難的主題，是
大多數人膜拜的國王，
受他強制去理解
而不是補償任何錯誤。

面臨死亡什麼都送給你，
由恐懼凝結成戰慄，
無休無止的生命之謎
只有愛才能解決。

你離去
You' left

你不知不覺接近，
不被白天涵蓋在內的
早晨，啊，引導
你熄滅的生命火焰，

以更加乾淨的世界
以更加明亮的星辰
以意外的新生命牽引，
沒有過去沒有未來。

你離去，雅不欲
身後留下折磨苦惱
那些會在小巷裡，

呼喚你，要擊敗你。

那些還是會等你來
始終期待在那一時刻
經過長久等待後
能夠再度與你相遇⋯⋯

尋找自由
You search for your freedom

在閉鎖大門口
尋找自由
周圍是被戕害
希望的基地

深信留在門外
實在不好
再度製造命運
像首日一樣

通過遮蔽面紗
看到那裂縫嗎？
透過此能夠刺穿
隱身鎧甲。

思想
A thought

我想

從我真實

人生

留給你

永遠

不會腐壞的

東西，

純淨的思想

經時

而未決，

全然

既拘束

又解放

我們生命。

選自《存在的禮讚》詩集

Poems from " HYMN TO EXISTENCE "
（IMN EXISTENŢEI, 2000）

存在的禮讚
Hymn to Existence

如果你能

　　聞所未聞

　　　見所未見

　　　　知所未知

　　　　　何來新肇？

|

我們曾經見過，當整個自然界
專注於四面八方包圍的點——
那時我們一體，籠罩在寂靜中
沒說出口的是生活帶來的福音，

因為可能由此引伸的思想本身

還沒有接到指令去思考，
當我們的眼睛應該還未看到，
當世界未被推入隱藏的空間。

回首空間與時間合併時
在未經證實的深沉靜默中，
赦免觀念未開，因為天國
尚未肇始，無原罪存在。

愛的衝動在此時刻還未決定，
隨後應另有一陣，來標記太初。
宏大的和諧正在衡量其荒廢，
知道如何治理未開墾的土地。

II

不知道悲傷，也沒有領悟，
永恆中的奴隸，被籠罩的宇宙
失之於黑暗，由天地孿生
形成未揭開的天堂樂園，

回首太初，運動尚未起步，
等待中，夢想未知的生命
第一天還沒構想地平線
使太陽可以為此鋪陳道路，

回想當時自己在純粹沉思，
其中包含，內部星星

有似實似虛光線，注視脫落的
任務未來只會掉回到自身。

這意味什麼，展現於現在，
無限的瞬間或瞬間永恆？
我們會知道嗎？脆弱的儀器，
浪費的言辭，無法加以描述……

III
但超越思想，只有未界定狀態
本身從頭始終明白一切。
宇宙的春天，似乎已命定
不會停止玩家和遊戲，

掌握過去，無止境的現在
隱含未來溶入於其內
有意識的本質，基礎的支撐
由此可以創造宇宙，

這時造物主在祂的大愛裡
要開始建立世間王國
注入生命，並且在靈內
保持原來模糊的記憶。

回想，不知覺中，出生的慾望，
或兩性，並不是上天的安排，
已經瞭解萬物時，唯不瞭解自己，

非人格性，在祢加以容納時，

本身活生生不朽，雖然不知道，
和睦相處，但依然在虛無中，
只有必要時且毫無隨機性
知悉有可能在那裡出現，

當只有唯一，一分為三
以便產生兩個，因而無窮大，
當世界第一幕還沒有開始──
從天空分開，創造地球，

在靜止的自然界尚未塑造

知識意願，無法想像，

沒有人有理由誕生，

渴望的幸福似乎正在實現……

IV

雖然命運會為每個人

決定短暫的迷惑，

屈服於慾望，不再費盡心力

遠遠超出人間天性所致，

描繪在空中，以神聖規範

和不可觸犯的規律預定，

在準備接受生命的世界上，

於整個表面，呈無數形狀，

時間和地方組合，絕不能夠
改變特地為想讀完全部而
寫的生活書本任何一頁，
人類造物，要謙虛，否則必敗，

誰會執行奇蹟中的奇蹟，
創造巔峰為生命見證，
命定為深淵的主宰
並賜予光明，帶來和諧，

要學會知識，考驗艱苦生活，

關懷苦難——必需在劫後活下去，
希望，無視憂慮和屈辱的
悲傷負荷，會安然喚醒

被遺忘的生命火花，
心裡還有更清晰的問題
並將滲入到世人身上
始終於動蕩中，令人震驚

明白某些人生目的和身為人類
某些事物時，拋開恐懼
不想知道養成的祕密
留在記憶中，就在此時覺悟

沒有人孤單，可在痛苦中，
尋求幫助而遇到慈善，
在自己內心發現脆弱力量
在不知不覺中，將知道繁殖

而在邪惡之間，將能夠分辨，
懂得法律時，就會行善
自私意味著毫無意義
從此重生，破殼而出，

數百年來，囿於無知，
對周遭一切漠不關心，
從此會明白欺瞞是多麼缺憾，

經過嚴厲悔改，終於消弭。

V

但是還要經過好幾個世紀

在大為驚異中，經過設計的思想，

經過處在被拋棄狀態的無知

在最惡劣奴役下，經過受支配的感受。

而籠罩在不信任的巨大妄想中，

生活在非實存中，忘記自我，

失落的人性，結束墮落

只有靠信仰才能找到各個

不同的造物、親屬或兄弟
向賦予生命的至尊致敬，
得以見到所創造成果的萬物
以其人間衣裝表現出形狀，

庇護永遠追尋中的靈魂，
藉神聖恩賜獲得永恆——
然後感戴祢，接受祢的寬恕
為了分手而去，黎明復還的一切，

從能夠相信的那宿命時刻起
忠實於祢，自己內心發現
祢的使者進入不知如何觀看的世界

把生命獻給祢，祢的忠誠屬下

自我映照出祢的傑出卓越，
隱藏在自己內心，其中銘刻
自然萌發和延續持久的愛，
發自真心，在心中吐露——

人自從能記憶起，就在尋找、
觀察，卻未見到周圍一切
容納在原子內的永恆萬物，
生動且唯一寶貴的明證

就是祕密相陪伴，保住生命，

在一切變化中唯一不變的，
成為解繞出紗線的永久捲軸
在垂死世界裡，唯祂不滅。

VI
唯有祂衡量自從永恆的人類
奉命旅行以來的時間
直到認識責任的那一刻
包括領悟，如此渴望，

勇於說謊，爾虞我詐世界的
虛假品質，至此，已似乎，
在迷茫心裡，唯一有形實體

於永恆轉型中，業已明白……

VII
然後，真正看到分離時刻
受到慾望牽扯想要知道
明顯天性中何謂惡何謂善
受到吸引在此活存

體驗生命——多麼必要呀——
要活下去，已陷入無常
此時，被出動的魅力所惑
或墜入原罪中，從天上貶謫

出生在世間，而世界之創造
即旨在此時此刻加以庇護
這是稱為人類所需要，
正是為履行意志去改變，

亦即理解，能夠越來越好，
權力妄想統治虛無、
殘酷、自私、自吹自擂，
感官逸樂，而不感受另外

差異或是分隔的面紗，
幸福的海市蜃樓，離得更遠，
以致在適切的陰影下

藉不安定的生命，只妄想活著。

對沉迷於日日新又日新的慾望，
滿足通路有更多人性實存之
所在，不知不覺當中，
於長期搜索下，邁向大發現⋯⋯

VIII
記憶如在眼前——都已成過去，
在他生活豪華時，卻沒認識祂——
還是活生生存在心裡，沒有改變，
正在聽天命：不時在提醒！

以前，自從離開那時刻，
始終繫念不斷，永遠忍耐，
迄今已經解渴，減輕了痛苦，
只有如此有權做為師範，

能夠有所助益，當幾乎被絕望
壓垮，受到懷疑打擊，
陷入無所作為，很容易
榮獲寬恕，忘記對祢感恩，

須知，當一再重複錯誤，
會受到懲罰，全部付出代價，
歡樂只不過是誘餌，歡樂之後，

痛苦在等待，利爪緊抓不放。

IX

已經學過很多，還會學到更多，
透過可以顯現的不同形狀
在世界上扮演多種角色面貌，
如何能夠轉換個別形象，

見到明知如何留意的三一律，
把自己壓抑，全然謙卑，
面對要永遠活下去的生命，
登上源泉，獲得信仰

毫無界限——得到允許，也許，
有一天發現從未失落的東西——
在種種情況下，已然有收穫……
然後記住不可或忘的實存，

一度相遇，當整個大自然
聚焦在包羅萬象之點上，
當我們合一，籠罩在不朽中
所作所為就是生命建構的福音。

自由的禮讚
Hymn to Freedom

鬥士呀，

在決戰中

　　等待你，

　　　　你只有一個對手：

　　　　　　你自己。

　　要想勝利，

　　　　你只有一個盟友：

　　　　　　你自己。

I

神呀，不要免除我的負擔，
我心情不安寧的折磨。
我扯開撕裂，鏈拴岩石，
被迫忍受殘酷的命運。

我在永恆中被詛咒
為所犯原罪付出代價——
受到謹慎保護的祕密，
我卻對世界不慎洩露

我自以為是贏家，
命定要來改變固定法律

充當人的保護者，我是
普羅米修斯，諸王之神。

由於從前是新手
想要展現藝術才華，
盡力而為，不幸，
從此封鎖命運，

同樣，嘗試過力量，
絲毫不疑後果，
信任有加帶來火炬
點燃，犯了錯誤

因而種下悲苦
在沒有信仰的世界，
把此項發現轉型為
艱苦的勝利。

II
數百年來，生命肉體
是熱血騰騰的胸膛，
命中註定環繞周圍
只見飢餓禿鷲……

風呀，相依不離的朋友，
於遭遇苦難的弦上

充滿同情陪伴我歌聲，

在失聰呻吟、悶哼。

時時刻刻，細聲低語，

標示時間流逝——

但不知心情是否蒙蔽

或是話語來自天國：

「由於上兆幻想

養成夢想世界，

慾望產生混淆，

遂被逐出天堂

在變動不居的世界
又受到無能宰制，
被指點走向苦難，
稱為節約橋梁。」

III

軟弱無力觀察生命
誕生、成長以迄消失，
一如時間，整飾顏面，
賦予動向的外觀。

戰爭起起落落
帶來或富裕或貧窮，

目睹眼淚隨奴隸船隊
大批送往服苦役，

悲傷浪濤滾滾而來
過後就會離去，
就像海衝向岸邊
片刻即復歸平靜。

而不間斷的焦慮，
在沉默對視中
懷著無邊際的愛，
回想起往昔……

IV

自忖，但願知道，

現在有誰可以相助？

城堡早已荒廢

而產權——不明，

曾經有光投射大地，

以前，下凡到世間時，

神不遵守誓言，

喪失掉名望。

但根據傳說——

按照繼續流傳的說法——

普羅米修斯刻意
加以焚燬，為了阻止

蓋亞之子成為神，
某天通過巧妙的審判，
成功穿透
心靈無知之牆……

V
在此之前，預言家——
土衛八和克呂墨涅之子，
想成為先行者
俗世的建設者

自己藏身人間，靜靜，
等待被聖火
模塑、重生
藉此提升自己尊榮，

想要增加許多權力
有賴智慧女神密涅瓦，
加以保護，明白所欲，
絕不能澆熄活力，

經由思想，引導人類
使賦予世界的智慧
能夠趨向完美

再透過思想來反省，

以心電感應思想傳達
並教導，隨時接受
人類企圖中的
正確想法

要掌握難以捉摸的
奧祕意義
以啟人疑竇的妄想
散布於整個宇宙……

VI

但是這世界

即將甦醒

不因微弱的俗世自負

而陷入誘惑嗎?

美麗夢想永遠生存

然則會激起短暫火花,

就像燭台裡的蠟燭

向四周散發光亮。

如果萬物都乾枯了——

不明白其聖潔目的——

膽敢透過行為

不經思考，匆匆飆升

進入瘋狂冒險

以此方式擺平一切，

想要把老舊更換，

即使得到讚聲，

自認為是復甦者，

「值得宙斯的慈悲！」

因為祂是征服者

若謙虛、客氣、虔誠，

不要說征服地球，

整個宇宙都沒話講，

若能管住自己說的話

不要偏離正途

此時，在默默領悟中

內心找到安和寧靜

為每位低聲祈禱者

代為發出聲音……

VII

太陽下會有什麼新鮮事？

瞬間，不斷活躍自己，

在浪費時間情況下，
幻想是大爺。

那是比時間還要古老
在此發生的只是：
從前，天國誕生時，
瞬間接到消息

所以可稱為太初——
喚醒整個世界，
經由進化過程成長，
有了形狀、目的和名字。

這時刻，當時，意味
無限，形成未來──
不知道會驅向
第一個謎。

VIII
但還有長程學習之路
難以穿越的是叢林
一心一意
編織蜘蛛網，

那是迷宮或是啞謎
在內心思索解決方法，

流到瀑布的河溪，
靜靜尋找大海。

但如果想看到光明，
似乎沒有更容易的策略。
看吧。若非遠遠辨識
究竟誰要擔當過錯？

IX
設想在等待我的世界裡
生活不會失望，
就像眼光盯住人類的
那個人一樣

而她被自己心思
所矇騙，正好留下來
玩無意義的遊戲
那不實的任務，做為

旁觀者集合整個世界，
透過驗證的技能
和迷人的聲音
直到失望離棄，

可能會相信逸樂
並誤導至幻想，
在短暫深思

藉成千上萬想法表達，

終於會明白，
經過長期無知後，
必須釋放自己
擺脫自己的輕率

在簡樸中生活
或者在無慮沉默裡，
於復甦的和諧中
所有思考一湧而出。

X

「拋開陰翳世界

超越光明

思想，沈默溢滿

蕭靜心靈，就要重生，

留下思想片羽

妄想，時間旋轉

逐列帶進世界，

從天國摘下祕密

輪流創造以啟發

無恐懼之虞，

並在絕望迂迴時
在萬物中賦予重任，

為忍受嚴謹文句，
因痛苦而變得更軟弱，
人類的虛榮
沒有藉新慾望滋養。」

同樣聲音，靜靜說
宣布進入非時間領域，
內心不再矇騙時
不是來自天國的聲音：

「我在等你！」幸福低聲，

歡喜迷人，開口笑：

「步入廣闊無際，

未受到任何思想觸及！」

XI

被帶往挫折時刻

經過無休止的躲藏

和在靜靜波浪中航行——

有過多少次啦？——

無名的普羅米修斯，

如今已是贏家，
完全以泰坦知名度，
成為著名之神。

上鏈監禁，遭受苦難
不再見。神呀，請寬恕
幾百年失去信仰
堅持與祢分離……

像戴戒指般受到拘束，
喀爾巴阡山脈為鐵所困，
被咒鎮住，已經解除，
無疑，只服從祢，再度發現，

自由身，一向獨來獨往
但不知道，背負妄想重擔
僅僅天國有權
超越無知的世俗

進行裁判。
心靈中升起懷疑，
不顧一切鬥爭，
不再相信與受苦的

人類妥協，
那保存中的傳統，
不敢破局而去，

成為本身的解放者，

想要經由任何犧牲
有助於瞥見
不醒眼的思想體系，
隱身的自我，再度發現……

XII

貿然意氣飛揚
朝向解除自身枷鎖
當時懷有敵意，不希求
某日可獲得寬恕，

把自己投入一切

最可怕的冒險中

不穿盔甲

裸胸，奔向自由，

敢於不守法

撕下健忘的面紗，

從漠然、罷手的

天堂墜落……

擺脫恐懼，

決定面對命運，

不疑受到命運呼喚，

想像勝利在握，

而非在可怕戰鬥中
是誰敗陣下來
那會在浩瀚中等待
那一刻——必然，

在決定性爭端中，
久久等待，
銘刻在啟示真理的
神聖檔案裡。

感覺在祢無限的慈悲中

如果沒有愛的成分，
撒佈在因受到苦難
嘗試退出的人類身上，

只好自行從誓言中解脫
到想像的心智中，
也許，獨自決定結果
遵循許多觸犯的

原罪，遭受數百年折磨
那是該死的原罪
天父呀，請寬恕，只因
不成熟心智所犯原罪

阻礙我達及祢！
請寬恕，若想過犯罪
當行為需要安慰——
祢的福音不知道會——

我只能歸咎自己，
以最最單純的無知
相信天國是
唯一恐怖的法庭，

堅決的判官，
只隨己意，偉大的、

無可證實的真理，
無限的公理

此魅力連今日演員，
在演叛變角色時，
也會忘掉作者本身
奉祂為至尊。

選自 《朝聖者》 詩集

Poems from "PILGRIM"（PELERIN, 2003）

拋棄念頭
Cast away the thought

拋棄擾亂視線的面紗

拋棄使力量衰弱的恐懼

拋棄遮蔽話語的陰影

尤其是拋棄念頭⋯⋯

關鍵時刻
In the true moment

自我破成碎片，
從千面集成自己
絕望，想念神
以不同面孔重組。

力量慢慢減弱
徒勞掙扎，領先時，
就像魚捕入網中，
等待悲慘命運。

曾經恐懼的力氣
四面八方分散，
在關鍵時刻，
從來沒有想到過。

錯覺
Illusion

離開時間的翅膀

羽毛在頑皮飛行中

一瞬間把無限隱藏

讓所創造的表觀世界看不到。

無人留下時
When there is no one left

無人留下為他歡呼時，

世界本質所滲透的那人，

透過隱藏的寂寞語詞

有能耐再度解開沉默嗎？

等候
Waiting

朝海敞開的大門：

白色海鷗孤獨

在波浪上翱翔，

為你的心靈，在等候。

單獨
He alone

真相只有一個，
探索途徑
無數⋯⋯

誰能夠，真正
給予定義？

那安靜語言
是完整的知識。
真理，經由本身表達，
意味完美無瑕。

定義面對真理變模糊，

真理始終超越一切。
文字反映真理，
不能夠加以涵蓋。

真理可以定名誰是，
誰使萬物變可能
誰使萬物成為錯覺，
因為他單獨存在！

真理無法描述，
其本身就是存在。

觀看
Watch

觀看，每天，
太陽如何升起，
迷人，在心中感覺
文字難以描述
滲入心靈裡。
在驚嘆的眼前，
每次有所不同，
永遠保持不變。

我就是
I am

我是誰？
這個問題
伴隨我們遊歷
走向自己的道路。

不說或永遠說不停，
和我們一樣。

以熱烈形式在我們心中
出現時，
我們不能再對有助於
找到答案的萬事
無動於衷。

從尋求答案成為

獨特專注的時刻起，

我們聽到更清晰的聲音

一如往常說，「我就是」。

愛中之愛
Love out of Love

詩可以滋養精神，

得以生活在和諧情感中，

可以拚命搜尋

去發掘，在深心裡，

沒有改變。

通過節奏和韻律，內部，

深層，詩傳達

平靜狀態，一旦達成，

即可始終不斷有意識尋找。

詩可以幫助找到，

找到在搜索的自己。

詩正是愛中之愛，

和諧中之和諧，陶醉中之陶醉。

無休止的方式……
A way, endless……

什麼是生活？無休止的方式……

生活或生命自成因果，
同時，又什麼都不是。

如果能接受生活現狀，會更
接近幸福，或許幸福本身……

生活就是現狀，虛構的文字
無法描述。

生活是超越外表的現實，
致使無常的表象得以
內含永恆。

你的旅程
Your Journey

任何旅程都是

走向自己的旅程之一部分……

只有到最後

會到達你

始終在那裡的地方。

你不得不在那裡徘徊：

這是你的路，

正是為你而建造。

你會在路上遇到

更好的人，或更壞的人，

或者你會想像

他們更好，或更壞，

你會經歷過各種試驗，

你會向每個人討教，

在任何情況下，

你必須瞭解

才能辨別善惡

和美醜，

才能看清楚

用什麼來比擬

乍看似乎不相同的事物。

試圖清晰看透

才能夠從無數表象

辨別真相，

以演員分身，

無法判斷所扮演角色，

知道導演選擇公正

那不是他，而是所扮演人物

經由這些情節，確定

在你生命中的每一瞬間

已接到所需要的幫助。

其他詩篇

" OTHER POEMS "

此刻春天
The spring of this instant

春天，

在呼吸中

已幾無冬日冷顫的感覺，

因午後陽光溫柔

可以預見

善意的溫暖

而且夏天色彩和諧

——還在茁壯中——

秋天也來啦，

帶來馥郁芳香，

但春天

在你內心

——此刻春天——

文字無法表述。

雅典衛城
Acropolis

多少歲月年代逝去。

女像柱挺立，世界，無感。

同樣的太陽光線暖和蜿蜒路徑。

探尋者眼光看到廢墟以外。

朝聖者腳步踩亮古道石板。

城市自始在沉思其本質。

邱比特呀，祢的神廟光燃燒至今。

永恆是始終如一不變。

當你在內心……
When you are within yourself……

這是沉入大海的

河流最後查詢

真正生命的意義嗎?

或者是坦然接受死亡……

徒勞奔跑過多少空間

在夢裡年復一年過日子

被心思所騙,以為知道

從毫無邪念的

內在最深處

飄舉離開起源,

當你在內心接納時

會找到何處是失落地……

不熱衷生活時
When you don't live its fervor

用理性傾聽時，詩不明朗

不清楚來源時，生命不明朗

未聽到呼喚時，歌不明朗

不熱衷生活時，道路不明朗

心裡
In your heart

每一瞬間

一個世界崩潰

產生另一個世界……

繼續作為

從二元論世界

轉型的見證。

要脫離，

才能明白

必然通過的途徑。

經驗在增長

時時刻刻，

才能夠合成一體。

找到內心

維持的

活力。

那就是

永遠在心裡

與你同在。

如果達到自己
If you reach yourself

如果達到簡樸

可能看似簡單或複雜。

事實上，是簡單。

如果達到謙遜

可能看似謙虛或迷糊。

事實上，是謙虛。

如果達到靜默

可能看似畏縮或健談。

事實上，是靜默。

如果達到平衡

可能看似休息或運動。
事實上，是不動。

如果達到自己
可能看似這位或那位
事實上，是自己。

缺乏思想
Devoid of thoughts

缺乏思想，海浪，

是本質，就如大海，

不會偏離本身，

從表觀世界

改變時

（一閃而過）

在海浪中形成，

世界不存在時

注定要消失……

缺乏思想，大海

在內部收斂，保持靜默

本質從不息喧囂聲中

成為永恆

（藉月光閃亮

掩飾本性）

在藍色調中，

失落於

欠缺世界多樣性。

缺乏思想，生命

涵蓋一切

在曖昧

或純和諧中：

有不動中之運動

（躍入永恆）

天體變形，

通過本身融化入

自己本性裡。

關於詩人
About the Poet

　　艾蓮娜・麗莉安娜・波佩斯古（Elena Liliana Popescu），1948年7月20日出生於羅馬尼亞爾努・默古雷萊市（Turnu Măgurele）。數學博士、羅馬尼亞布加勒斯特大學教授、詩人、翻譯家和編輯、羅馬尼亞作家聯盟和羅馬尼亞筆會中心會員。

　　出版詩集，以及古典和當代詩人作品、哲學討論和心靈對話錄等翻譯共40多冊。其中包括《獻給你》（*Ţie*，1994年）、《愛之頌》（*CântdeIubire*，

1999年和2007年；第二版漢英雙語本，李魁賢漢譯，台灣出版，2010年；加拿大出版，2013年；西班牙出版，2014年；義大利出版，2016年）、《朝聖》（*Peregrino*，西班牙出版，2004年；葡萄牙語本，巴西出版，2009年）、《存在的禮讚》（*Himno a La Existencia*，墨西哥出版，2006年；義大利出版，2018年）、《有多近……》（*Câtdeaproape ...*，2007年）、《時間，你在哪裡？》（*Unde esti, Timp*？，2007年）、羅馬尼亞和烏爾都雙語本《詩集》（*Poems*，巴基斯坦出版，2008年）、《如果》（*Dacă*，42種語文本，2009年；80種語文本，2017年）、獻給夫婿尼古拉《生命的禮讚》（*Hymn to the Life*，李魁賢漢譯，台灣出版，2011年）、與Luciano

Maia合作《超越藍天》（*Além do azul*，巴西出版，2012年）、憶念夫婿的42種語文本《來自歐洲的三首詩》（*Trei poeme din Europa*，2013年）、《如果你只知道》（*Dacă ai şti*，29種語文本，2015年），《只是沈默》（*Doar tăcerile*，2015年）、《那瞬間》（*Clipa aceea*，2018年）。另編印《飛行 - 夢想與命運》（*Zborul. Vis şi Destin*，1999年），尊翁詩人飛行員George Ioana回憶錄與詩合集；以及《尼古拉‧波佩斯古 - 詩人、數學家、導師》（*Nicolae Popescu – Omul, Matematicianul, Mentorul*，2011年），獻給亡夫羅馬尼亞學術院院士。

詩已被翻譯成20多種語文，在阿爾巴尼亞、阿根廷、澳大利亞、孟加拉、玻利維亞、巴西、加拿

大、智利、哥倫比亞、古巴、德國、薩爾瓦多、愛沙尼亞、印度、義大利、匈牙利、墨西哥、蒙古、尼加拉瓜、波蘭、波多黎各、羅馬尼亞、塞爾維亞、西班牙、台灣、土耳其、烏拉圭、美國等各種選集和雜誌上發表。

　　創辦文學協會「獻給你」和朝聖出版社（Pelerin），編印譯自西班牙文、法文、英文和葡萄牙文的若干詩集。策劃許多詩集、專論和散文集。在羅馬尼亞國內外文學雜誌，發表過關於一百多位古典和當代作家作品的論文、報導和翻譯。

　　獲得1997年塞爾維亞烏茲丁（Uzdin）詩歌節榮譽證書、1998年德國慕尼黑諾瓦里斯（Novalis）詩歌節首獎、2007年西班牙馬略卡島帕爾馬（Palma de

Mallorca）"Leonardo Cercós"第10屆詩競賽證書、2011年西班牙駐羅馬尼亞布加勒斯特大使館頒贈榮譽證書。參加過許多國際文學活動：西班牙2003年、2004年、2008年、2014年，美國2003年、2006年，墨西哥2003年、2005年、2006年，法國2006年，古巴2006年，尼加拉瓜2006年、2010年、2013年、2014年，智利2007年，土耳其2010年，義大利2010年、2016年、2017年，巴西2012年。

關於譯者
About the Translator

　　李魁賢，1937年生，1953年開始發表詩作，曾任台灣筆會會長，國家文化藝術基金會董事長。現任世界詩人運動組織（Movimiento Poetas del Mundo）副會長。詩被譯成各種語文在日本、韓國、加拿大、紐西蘭、荷蘭、南斯拉夫、羅馬尼亞、印度、希臘、美國、西班牙、巴西、蒙古、俄羅斯、立陶宛、古巴、智利、尼加拉瓜、孟加拉、馬其頓、土耳其、波蘭、塞爾維亞、葡萄牙、馬來西亞、義大利等國發表。

出版著作包括《李魁賢詩集》全6冊、《李魁賢文集》全10冊、《李魁賢譯詩集》全8冊、翻譯《歐洲經典詩選》全25冊、《名流詩叢》31冊、《人生拼圖——李魁賢回憶錄》，及其他共二百本。英譯詩集有《愛是我的信仰》、《溫柔的美感》、《島與島之間》、《黃昏時刻》和《存在或不存在》。詩集《黃昏時刻》共有英文、蒙古文、羅馬尼亞文、俄文、西班牙文、法文、韓文、孟加拉文、阿爾巴尼亞文、塞爾維亞文、土耳其文、馬其頓文出版。

　　曾獲韓國亞洲詩人貢獻獎、榮後台灣詩獎、賴和文學獎、行政院文化獎、印度麥氏學會詩人獎、吳三連獎新詩獎、台灣新文學貢獻獎、蒙古文化基金會文化名人獎牌和詩人獎章、蒙古建國八百週年成吉思汗

金牌、成吉思汗大學金質獎章和蒙古作家聯盟推廣蒙古文學貢獻獎、真理大學台灣文學家牛津獎、韓國高麗文學獎、孟加拉卡塔克文學獎、馬其頓奈姆‧弗拉謝里文學獎、祕魯特里爾塞金獎。

語言文學類　PG2221　名流詩叢31

季節
Seasons

原　　　著 / 艾蓮娜·麗莉安娜·波佩斯古（Elena Liliana Popescu）
譯　　　者 / 李魁賢（Lee Kuei-shien）
責任編輯 / 林昕平
圖文排版 / 林宛榆
封面設計 / 蔡瑋筠

發 行 人 / 宋政坤
法律顧問 / 毛國樑　律師
出版發行 / 秀威資訊科技股份有限公司
　　　　　114台北市內湖區瑞光路76巷65號1樓
　　　　　電話：+886-2-2796-3638　傳真：+886-2-2796-1377
　　　　　http://www.showwe.com.tw
劃撥帳號 / 19563868　戶名：秀威資訊科技股份有限公司
　　　　　讀者服務信箱：service@showwe.com.tw
展售門市 / 國家書店（松江門市）
　　　　　104台北市中山區松江路209號1樓
　　　　　電話：+886-2-2518-0207　傳真：+886-2-2518-0778
網路訂購 / 秀威網路書店：https://store.showwe.tw
　　　　　國家網路書店：https://www.govbooks.com.tw

2019年4月　BOD一版
定價：200元
版權所有　翻印必究
本書如有缺頁、破損或裝訂錯誤，請寄回更換

國家圖書館出版品預行編目

季節 / 艾蓮娜.麗莉安娜.波佩斯古(Elena Liliana Popescu)
著 ; 李魁賢(Lee Kuei-shien)譯. -- 一版. -- 臺北市 : 秀威資
訊科技, 2019.04
　　面 ；　公分. -- (語言文學類)(名流詩叢 ; 31)
BOD版
譯自 : Seasons
ISBN 978-986-326-678-5(平裝)

877.51   108003967

讀者回函卡

感謝您購買本書，為提升服務品質，請填妥以下資料，將讀者回函卡直接寄
回或傳真本公司，收到您的寶貴意見後，我們會收藏記錄及檢討，謝謝！
如您需要了解本公司最新出版書目、購書優惠或企劃活動，歡迎您上網查詢
或下載相關資料：http:// www.showwe.com.tw

您購買的書名：_____

出生日期：_____年_____月_____日

學歷：□高中 (含) 以下　　□大專　　□研究所 (含) 以上

職業：□製造業　□金融業　□資訊業　□軍警　□傳播業　□自由業
　　　□服務業　□公務員　□教職　　□學生　□家管　□其它_____

購書地點：□網路書店　□實體書店　□書展　□郵購　□贈閱　□其他

您從何得知本書的消息？

　□網路書店　□實體書店　□網路搜尋　□電子報　□書訊　□雜誌
　□傳播媒體　□親友推薦　□網站推薦　□部落格　□其他_____

您對本書的評價：(請填代號　1.非常滿意　2.滿意　3.尚可　4.再改進)

　封面設計____　版面編排____　內容____　文／譯筆____　價格____

讀完書後您覺得：

□很有收穫　□有收穫　□收穫不多　□沒收穫

對我們的建議：_____

_____

_____

_____

11466
台北市內湖區瑞光路 76 巷 65 號 1 樓

秀威資訊科技股份有限公司 　　收

BOD 數位出版事業部

....

（請沿線對折寄回，謝謝！）

姓　　名：＿＿＿＿＿＿＿＿　年齡：＿＿＿＿　性別：□女　□男

郵遞區號：□□□□□

地　　址：＿＿＿＿＿＿＿＿＿＿＿＿＿＿＿＿＿＿＿＿＿＿＿＿

聯絡電話：(日) ＿＿＿＿＿＿＿＿＿＿＿(夜) ＿＿＿＿＿＿＿＿＿＿

E-mail：＿＿＿＿＿＿＿＿＿＿＿＿＿＿＿＿＿＿＿＿＿＿＿＿＿